Le bois aux Jacinthes

Le vœu d'anniversaire de Florence

Pour Maddie Shepperd, ma plus grande admiratrice !
- L. N.

À Willow, avec amour. XX
- R. H.

Copyright des textes © 2011 Liss Norton
Copyright des illustrations © 2011 Rebecca Harry
Titre original anglais : Bluebell Woods : Florence's Birthday Wish
Copyright © 2012 Éditions AdA Inc. pour la traduction française
Cette publication est publiée en accord avec Stripes Publishing Limited.

Éditeur : François Doucet
Traduction : Sylvie Trudeau
Révision linguistique : Féminin pluriel
Correction d'épreuves : Nancy Coulombe, Carine Paradis
Montage de la couverture : Sylvie Valois
Mise en pages : Sylvie Valois
ISBN 978-2-89667-670-5
ISBN PDF numérique 978-2-89683-604-8
ISBN ePub 978-2-89683-605-5
Première impression : 2012
Dépôt légal : 2012
Bibliothèque et Archives nationales du Québec
Bibliothèque Nationale du Canada

Éditions AdA Inc.
1385, boul. Lionel-Boulet
Varennes, Québec, Canada, J3X 1P7
Téléphone : 450-929-0296
Télécopieur : 450-929-0220
www.ada-inc.com
info@ada-inc.com

Diffusion
Canada :   Éditions AdA Inc.
France :   D.G. Diffusion
                  Z.I. des Bogues
                  31750 Escalquens — France
                  Téléphone : 05.61.00.09.99
Suisse :   Transat — 23.42.77.40
Belgique :   D.G. Diffusion — 05.61.00.09.99

Imprimé en Chine
Participation de la SODEC.
Nous reconnaissons l'aide financière du gouvernement du Canada par l'entremise du Fonds du livre du Canada (FLC) pour nos activités d'édition.
Gouvernement du Québec — Programme de crédit d'impôt pour l'édition de livres — Gestion SODEC.

Le bois aux Jacinthes

Le vœu d'anniversaire de Florence

Liss Norton
Illustrations de Rebecca Harry

Traduit de l'anglais par
Sylvie Trudeau

J·E·U·N·E·S·S·E

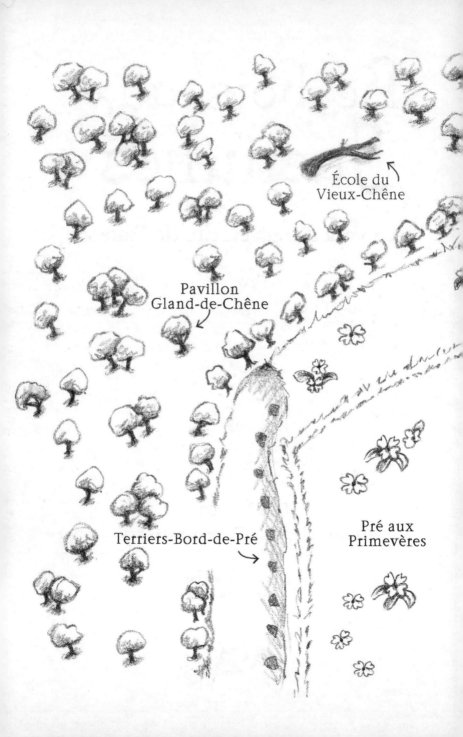

École du
Vieux-Chêne

Pavillon
Gland-de-Chêne

Terriers-Bord-de-Pré

Pré aux
Primevères

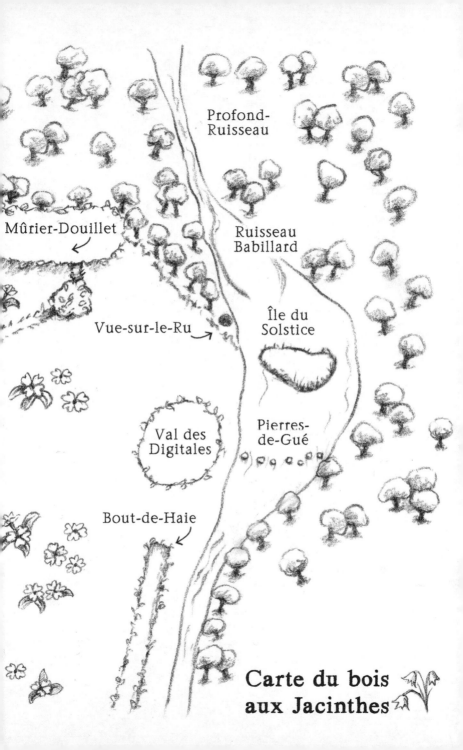

Profond-
Ruisseau

Mûrier-Douillet

Ruisseau
Babillard

Vue-sur-le-Ru

Île du
Solstice

Val des
Digitales

Pierres-
de-Gué

Bout-de-Haie

Carte du bois
aux Jacinthes

Chapitre 1

— Plus qu'une semaine avant mon anniversaire, Rosie ! dit Florence Couvresol.

Elle chatouilla le ventre moelleux de sa petite sœur. En riant, Rosie taquina les oreilles de Florence avec ses minuscules pattes.

— …nifersaire Florie, dit-elle. Youppie !

C'était la première journée ensoleillée du printemps, et Florence et Rosie étaient étendues sur l'herbe fraîche.

Madame Couvresol sortit de son terrier avec son plumeau et le secoua.

— Comment les terriers peuvent-ils se salir autant ! s'exclama-t-elle.

— As-tu besoin d'aide ? demanda
Florence en espérant que sa mère refuse.

Elle ne voulait pas se retrouver à
l'intérieur à épousseter des toiles d'araignée
par une si belle journée.

— Non merci, dit Maman Couvresol.
Surveiller Rosie est la meilleure aide que tu
puisses m'apporter.

— Est-ce que je pourrais te montrer les
nouveaux sauts que j'ai appris à la corde à
sauter ? demanda Florence.

Elle commença à sauter,
croisant et décroisant sa
corde faite de tiges de
lierre en alternant les
sauts.

— Voilà qui est
très joli, dit Maman.
Les as-tu inventés
toi-même ?

Avant même
que Florence puisse
répondre, son amie

l'écureuil, Éva Brouillard-Matinal, arriva en
courant dans le sentier qui longeait Terriers-
Bord-de-Pré. Sa queue rousse et touffue
frétillait d'excitation.

Aimée Lavandin, une petite souris des
bois, la suivait sur les talons.

— Vite, piailla-t-elle. Nat
est réveillée !

— Enfin ! se réjouit
Florence.

Leur amie Natalie
Passerose, une hérissonne,
avait hiberné tout l'hiver.

— Maman, est-ce que je peux
aller rendre visite à Natalie ?

— Oh, Florence, tu devais surveiller
Rosie.

— Oui, je sais, mais… s'il vous plaît ?
supplia-t-elle. Je ne l'ai pas vue depuis des
mois.

— C'est bon, dit madame Couvresol,
mais je veux que tu sois revenue à la
maison à temps pour le déjeuner. Et

pourrais-tu cueillir quelques fleurs d'ail sauvage, en revenant ?

— Pour votre délicieuse soupe de carottes à l'ail ? demanda Aimée en se léchant le museau.

— En effet, dit madame Couvresol.

Aimée la regarda avec espoir.

— Si vous avez besoin d'une goûteuse…

— Je vais penser à toi, Aimée, dit madame Couvresol en riant. Maintenant, les filles, vous allez voir Natalie ou non ?

Florence hocha la tête. Attrapant sa corde à sauter, elle fit un bisou sur le nez rose de Rosie.

— À plus tard, petite.

Florence, Éva et Aimée filèrent à toute allure sur le sentier. À la fin de la rangée de terriers, le sentier tournait vers la droite et traversait le pré aux Primevères. Le champ était rempli de fleurs dorées.

Éva ralentit un peu pour permettre à Aimée de les rattraper.

— On dirait que le printemps est vraiment arrivé, maintenant que Nat est réveillée.

— J'aimerais tant qu'elle puisse passer l'hiver avec nous, dit Florence. Ce n'est pas la même chose, lorsqu'elle n'est pas là.

De l'autre côté du pré, le sentier passait sous un noisetier. Lorsqu'elles y arrivèrent, les branches commencèrent à bouger au-dessus d'elles.

— Qu'est-ce que c'est ? s'écria Aimée.

Albin, l'un de ses frères jumeaux, se laissa tomber auprès d'elles dans un nuage de chatons de noisetier.

Il sauta sur ses pieds, sa longue queue fouettant l'air.

— Hé, tu m'as poussé ! cria-t-il dans les airs vers le buisson. Je vais me venger, Hervé.

Le petit visage souriant et moustachu d'Hervé apparut derrière une grappe de chatons.

— J'aimerais bien voir ça !

Albin grommela, puis commença à grimper le long du tronc.

— Les frères, franchement ! cria Aimée.

— Au moins, il n'est s'est pas fait mal, dit Florence.

— Et il n'est pas tombé sur nous ! ajouta Éva.

Derrière le noisetier se trouvait le taillis de mûriers où vivait Natalie.

En faisant bien attention aux épines, elles s'engouffrèrent dans l'épais fourré de ronces jusqu'à ce qu'elles atteignent Mûrier-Douillet, le nid confortable et tout rond de Natalie.

— Allô ! Il y a quelqu'un ? appela Aimée.

— Ici, répondit madame Passerose.

Depuis l'entrée du tunnel, elles trottinèrent jusqu'à la cuisine, où Natalie et ses parents étaient regroupés autour d'un bol de bouillie d'avoine sauvage.

— Nat ! Tu nous as *teeeeellement* manqué ! piailla Aimée.

Elle se jeta au cou de son amie.

— Aïe, fit-elle en se retirant rapidement. Tes épines sont plus pointues que jamais.

— Désolée ! fit Natalie en rigolant.

— Nous ne te changerions pour rien au monde, dit Florence en serrant la patte de Natalie.

— Peux-tu venir jouer avec nous ? demanda Éva.

Natalie avala d'un coup le reste de sa bouillie.

— Est-ce que je peux y aller, maman ?

— Bien sûr que tu peux, dit madame
Passerose. Mais ne t'approche pas de
Profond-Ruisseau ; ce sera dangereux, après
toute la pluie qui est tombée pendant l'hiver.

— Je ne m'en approcherai pas, promit
Natalie.

Profond-Ruisseau était la partie la plus
étroite et la plus profonde du ruisseau
Babillard.

Les quatre amies se précipitèrent le long
du tunnel jusqu'à l'air libre. Natalie s'étira et
prit de grandes inspirations.

— J'adore le printemps, dit-elle. Tout
sent le neuf.

— Qu'avons-nous envie de faire ?
demanda Éva.

— Aller jouer à Pierres-de-Gué ?
suggéra Aimée.

Le gué traversait le ruisseau Babillard en
son point le plus large.

— Ou nous pourrions jouer à la corde à
sauter au-dessus du pré aux Primevères ? dit
Florence. J'ai un nouveau pas à vous montrer.

— C'est Nat qui devrait choisir, dit Éva.

— À la corde à sauter, alors, dit Natalic.

Elle fit un grand sourire à ses amies.

— C'est si bon de vous revoir toutes
après l'hiver. Qu'est-ce que j'ai manqué ?

— De la neige, de la neige, et encore de
la neige, dit Éva.

— Un vrai miracle que nous n'ayons
pas été gelées sur place ! ajouta Aimée en
frissonnant.

— Mais nous nous sommes aussi bien
amusées, dit Florence.

— Ce bonhomme de neige que nous
avons fait ! dit Éva en riant.

Elle baissa la voix et jeta des regards tout autour avec prudence.

— Une fois terminé, il ressemblait comme deux gouttes d'eau à monsieur Lanoix.

Celui-ci était leur instituteur.

— Il avait même cette drôle de petite touffe de poils derrière la tête.

— J'aurais bien aimé voir ça, dit Natalie en riant. Si seulement je pouvais rester éveillée un hiver.

— Ça ne fait rien, dit Florence, au moins tu n'as pas manqué mon anniversaire. C'est samedi prochain, et j'ai prévu faire un pique-nique au val des Digitales.

— Comme c'est amusant ! dit Aimée.

Natalie hocha la tête.

— J'adore les pique-niques !

— Je n'en ai pas encore parlé à papa et à maman, dit Florence comme elles atteignaient le pré aux Primevères. J'espère qu'ils seront d'accord.

Elle sortit sa corde à sauter et la secoua.

— Bien, qui veut commencer ?

Elles sautèrent deux à deux à tour de rôle, bras dessus bras dessous, chacune tenant une poignée de la corde. Puis Florence leur montra son nouveau pas. Lorsque le soleil arriva au-dessus de leur tête, elles avaient toutes maîtrisé le pas.

— Je dois partir, soupira Florence. J'ai promis de revenir pour déjeuner, et je dois aussi aller cueillir des fleurs d'ail.

— Nous venons avec toi, dit Éva en prenant Florence par la patte. Je connais le meilleur endroit du monde, pour l'ail sauvage.

Le vœu d'anniversaire de Florence

❀ ❀ ❀

Lorsque Florence arriva à la maison avec les fleurs blanches en forme d'étoile, madame Couvresol frottait le sol de la cuisine avec une brosse en chardons.

— Parfait, dit-elle. Je vais commencer à préparer la soupe dès maintenant.

Rosie arriva dans la cuisine en trottinant ; Florence la prit dans ses bras et lui fit un câlin.

— Est-ce que papa vient déjeuner à la maison ? demanda-t-elle.

— Non, il est parti chercher de la laine de mouton, répondit sa mère. Il ne sera pas de retour tout de suite.

Monsieur Couvresol fabriquait des couvertures tricotées et il cherchait souvent des bouts de toison qui étaient restés accrochés aux buissons épineux.

— Pourquoi n'emmènerais-tu pas Rosie dehors ? Je vous appellerai lorsque le repas sera prêt.

Florence déposa Rosie.

— Tu sais que c'est bientôt mon anniversaire, maman, dit-elle. Crois-tu que nous pourrions faire un pique-nique ? Au val des Digitales ?

— Je ne sais pas… répondit sa mère.

— Ce serait tellement génial et amusant, dit Florence. Et je pourrais vous aider à tout préparer.

Madame Couvresol se gratta le nez d'un air songeur.

— Je vais en parler à ton père, puis on verra.

Florence était bien déçue : « on verra » signifiait généralement « non ». Mais ça ne servait à rien d'en faire tout un plat. C'était une période bien occupée, et sa mère n'avait pas vraiment dit non, alors peut-être y avait-il encore une chance. Elle toucha sa queue trois fois pour la chance, puis emmena Rosie jouer dehors.

Chapitre 2

Le lendemain matin, Florence et ses amies se rencontrèrent à l'orée du bois aux Jacinthes.

— Papa veut que je récolte des brindilles pour ses balais, dit Natalie.

— Nous allons t'aider, offrit Florence.

— J'espérais que vous le proposiez, dit Natalie avec un sourire en coin.

Elle tendit à chacune un panier.

Éva ramassa une courte brindille épaisse.

— Est-ce que celle-ci fera l'affaire ?

— Parfaite, dit Natalie.

Elles continuèrent à avancer dans le bois, ramassant des brindilles et papotant. Dans une clairière, elles trouvèrent Albin et Hervé, qui attachaient des branches les unes aux autres.

— Qu'est-ce que vous faites, maintenant ? demanda Aimée.

— Un radeau, si tu veux le savoir, dit Hervé en fixant la dernière branche. Viens, Albin, allons l'essayer.

Les deux frères soulevèrent le radeau et traversèrent la clairière en trottinant.

— Si tu veux faire un tour, tu n'as qu'à nous le dire ! cria Albin comme ils disparaissaient tous les deux dans le sous-bois.

Aimée grommela.

— Faire un tour de radeau avec vous ? lança-t-elle. Vous nous pousseriez probablement à l'eau.

— Comment t'en tires-tu avec ton plan de pique-nique d'anniversaire, Florence ? demanda Éva.

Florence soupira.

— Maman a dit « on verra » ; tu sais ce que ça signifie généralement.

— Peut-être a-t-elle besoin d'y penser un peu, dit Natalie.

— J'imagine, dit Florence, mais je sais qu'elle est très occupée en ce moment. Et il ne reste que six jours avant mon anniversaire, alors nous serons un peu bousculées, si on ne commence pas à l'organiser bientôt.

Soudain, Aimée poussa un glapissement.

— Oh non ! Il pleut ! s'exclama-t-elle.

Son pelage brun et soyeux était tacheté de gouttes d'eau.

Florence leva les yeux pour regarder le ciel et vit des parcelles de bleu entre les branches.

— Impossible, dit-elle, il n'y a même pas de nuages.

— Je suis mouillée, moi aussi, dit Natalie en secouant ses épines.

Soudainement, elles entendirent des rires dans les buissons, puis des bruits de pas.

— Quelqu'un nous a arrosées ! cria Aimée. Poursuivons-les !

Jetant leurs paniers, les quatre amies prirent en chasse les coquins invisibles. Florence devança bientôt ses amies, mais Aimée et Éva n'étaient pas bien loin derrière. Toutefois, Natalie éprouvait quelques difficultés, escaladant de peine et de misère les racines d'arbre qui sortaient de terre.

— Continuez, vous deux, dit Éva, haletante. Je vais attendre Nat.

Florence et Aimée poursuivirent leur chasse. Elles entendaient des bruissements de feuilles devant, mais les pourchassés demeuraient invisibles sous les buissons bas.

— Stop ! cria Aimée.

Florence s'arrêta net.

— Qu'y a-t-il ?

— Écoute.

Florence tendit ses longues oreilles et entendit le clapotis de l'eau qui coulait rapidement.

— Nous sommes presque arrivées à Profond-Ruisseau, dit-elle au moment où Éva et Natalie les rattrapaient.

— Ça ne me dérangerait pas de m'y risquer, dit Éva. Si nous faisons attention et restons à distance du bord, ça devrait aller.

Natalie secoua la tête.

— C'est trop dangereux. Et j'ai promis à maman que je ne m'en approcherais pas.

— Aucune d'entre nous ne le devrait, dit Florence.

— Alors, ces lanceurs d'eau se sont sauvés ! dit Aimée en frappant du pied.

— Je me demande qui c'était, dit Florence. De bons nageurs, je présume, s'ils n'ont pas peur de Profond-Ruisseau.

— Lili et Luc Épilobe sont les meilleurs nageurs que je connaisse, dit Éva.

C'étaient des loutres qui vivaient dans un trou confortable, Vue-sur-le-Ru, juste à côté du ruisseau Babillard.

— Et ils sont toujours en train de manigancer quelque chose, ajouta Aimée. Tu te souviens lorsqu'ils sont arrivés tout sales à l'école parce que Luc avait commencé un combat de boue avec les belettes ?

— Oui, dit Éva, je parie que c'est eux. Pourquoi n'irions-nous pas leur faire une petite visite ?

— Je ne peux pas, soupira Florence. Je dois rentrer à la maison pour garder Rosie.

— Et moi, je dois retourner chercher les brindilles pour mon père, dit Natalie.

— Tu n'arriveras jamais à transporter tous ces paniers toute seule, dit Éva. Aimée et moi allons t'aider.

— Et qu'est-ce qu'on fait, pour Luc et Lili ? demanda Aimée.

— On va leur parler demain, à l'école, répondit Éva.

Le vœu d'anniversaire de Florence

— À demain, donc, dit Florence avant de s'en retourner à la maison.

Elle adorait jouer avec Rosie, mais elle ne pouvait s'empêcher de penser qu'elle manquait quelque chose lorsque ses amies s'en allaient sans elle.

Éva, Natalie et Aimée refirent à l'inverse le chemin par lequel elles étaient venues.

— Comme c'est dommage que Florence ait dû partir, dit Natalie.

— Oui, Rosie est adorable, mais ça ne doit pas être très amusant d'avoir à la surveiller tout le temps, dit Aimée. J'espère que les parents de Florence accepteront de lui organiser un pique-nique d'anniversaire.

Éva s'arrêta tout à coup.

— Qu'est-ce qui se passe ? demanda Natalie.

— J'ai une idée. Pourquoi ne pas organiser *nous-mêmes* le pique-nique d'anniversaire de Florence ?

— Quelle bonne idée ! dit Aimée.
Qu'en penses-tu, Nat ?

— Génial, acquiesça Natalie. Je peux
m'occuper de la nourriture. Je vais faire des
biscuits aux fleurs de pommier, ce sont les
préférés de Florence.

— Je vais rédiger les invitations,
dit Aimée, c'est moi qui ai la plus belle
écriture.

— Et moi, je vais organiser des
concours, dit Éva. Florence adore les jeux.

— Un concours de corde à sauter, dit
Natalie. Ce serait parfait ! Mais avant,
nous devons vérifier auprès de la mère de
Florence si ça convient que l'on organise la
fête.

— Nous pourrions aller la voir demain, après l'école, dit Éva. Je suis certaine qu'elle sera contente.

Aimée fit un grand sourire aux autres.

— C'est si excitant ! Mais il va falloir garder le secret. Pas un mot à Florence.

— Motus et bouche cousue ! convinrent Natalie et Éva.

Chapitre 3

Le lendemain, l'école recommençait pour le trimestre du printemps. Natalie, Éva et Aimée étaient déjà dans la classe, lorsque Florence arriva à l'école du Vieux-Chêne, un arbre au tronc creux.

— Luc et Lili Épilobe ne sont pas encore arrivés, dit Éva. Peut-être se sentent-ils si coupables de nous avoir arrosées qu'ils ont décidé de ne pas venir.

Monsieur Lanoix entra dans la classe d'un pas décidé.

— Bienvenue à tous, dit-il. À vos places.

— Les mêmes places que l'année dernière ? demanda Aimée.

Monsieur Lanoix hocha la tête.

Aimée grommela.

— Je vais devoir m'asseoir à côté d'Hervé encore cette année !

— Pas de chance ! dit Florence en riant.

Elle se dirigea vers l'arrière de la classe et s'assit à son pupitre entre Johnnie Lefaîne, une taupe, et Sophie Cerfeuil, une lapine qui vivait tout près, à Terriers-Bord-de-Pré. Natalie et Éva occupaient chacune des extrémités de la rangée suivante, et le pupitre d'Aimée était tout en avant.

Monsieur Lanoix distribua des plantes.

— Voici du muguet et de l'ail des bois, dit-il. Dessinez-les dans votre cahier et notez les ressemblances et les différences. C'est important, parce que bien que ces deux plantes se ressemblent, le muguet est toxique alors que l'ail des bois est, comme vous le savez, délicieux.

— Surtout dans la soupe aux carottes, lança Aimée.

Tout le monde se mit à rire, sauf monsieur Lanoix, qui la regarda d'un œil sévère, de ses tout petits yeux.

Tous les élèves se mirent au travail, faisant des esquisses au fusain des deux plantes. Soudain, Florence remarqua Éva, qui gribouillait quelque chose sur un bout de papier. Elle le plia en deux et le passa à Aimée, qui le lut rapidement, puis écrivit quelque chose à son tour au bas. Elle murmura ensuite quelque chose à Matys Ducharme, la musaraigne qui était assise juste derrière elle. Le mot passa de patte en patte jusqu'à ce qu'il atteigne Natalie. Florence attendit qu'il arrive à elle.

Natalie écrivit quelque chose sur le bout de papier, le replia et le retourna à Éva.

Florence regardait la scène avec ahurissement alors qu'Éva lisait rapidement le mot et le rangeait dans son sac d'école.

« Pourquoi ne me l'ont-elles pas fait parvenir ? » se demanda-t-elle.

Elle se tripotait une oreille d'un air malheureux.

« Pourquoi m'écartent-elles ? »

Monsieur Lanoix se dirigea vers
Éva et tendit une patte.

— Tu veux bien me donner ça,
merci.

Horrifiée, Éva reprit la note
dans son sac d'école.

— Il semblerait qu'Éva
ait quelque chose à partager
avec nous tous, annonça monsieur Lanoix.

— Monsieur, dit Éva d'une voix altérée
par la panique.

Monsieur Lanoix commença à lire le mot :

— *Que diriez-vous de...*, puis il s'arrêta.
Ah, je vois... Quoi qu'il en soit, je ne tolère
pas qu'on se passe des mots en classe.

Il froissa le papier et le jeta dans la
corbeille.

Florence fixait ses dessins, atterrée,
quand tout à coup lui vint l'idée que ses
amies la tenaient à l'écart parce qu'elle
ne les intéressait plus. Le jour même où
Natalie venait de se réveiller, ne s'était-elle

pas dépêchée de retourner à la maison pour aller s'occuper de sa petite sœur ?

Florence décida de montrer à ses amies qu'elle pouvait encore être une amie amusante même si elle n'avait plus beaucoup de temps pour jouer.

— Voulez-vous jouer à chat perché ? demanda Florence après l'école.

— Désolée, Florence, je suis occupée, dit Éva.

— Natalie et moi aussi, dit Aimée.

— Mais qu'est-ce que vous avez à faire, toutes ? demanda Florence, déçue.

Natalie, Éva et Aimée échangèrent des regards gênés.

— Euh… des choses, dit Natalie vaguement.

— Vous n'avez même pas le temps de venir à Pierres-de-Gué ? demanda Florence.

— J'ai quelque chose de très important à faire avant, mais vous pourriez y aller toutes les trois, dit Éva en faisant un clin d'œil à Natalie et à Aimée. Je vais vous y rejoindre dans dix minutes.

Florence, Aimée et Natalie partirent en direction du ruisseau Babillard.

— Qu'est-ce qui était écrit sur le mot ? demanda Florence.

— Le mot ? dit Aimée en la regardant.

— Celui que vous vous êtes passé en classe.

— Ah, ce mot-là… dit Aimée.

— Ce n'était rien, dit Natalie rapidement. Seulement… euh…

— Un dessin rigolo de monsieur Lanoix, dit Aimée. On ne pouvait pas te le faire passer, parce qu'il se promenait dans la classe. N'est-ce pas, Nat ?

— Oui, dit Natalie. Oh ! Comme le val des Digitales est charmant !

Val des Digitales était une grande cuvette gazonnée située à proximité du ruisseau Babillard. L'été, de belles digitales y poussaient, mais maintenant, le sol était parsemé de touffes de violettes.

— Ce sera parfait ! dit Aimée comme elles le traversaient.

— Parfait pour quoi ? demanda Florence.

Aimée mit sa patte devant sa bouche.

— Rien, dit-elle, je faisais juste…

— Ces violettes, dit Natalie, elles seront parfaites pour faire de jolies images en fleurs séchées. C'est ce que tu voulais dire, n'est-ce pas, Aimée ?

Aimée hocha la tête avec vigueur.

Florence était perplexe. C'était Natalie qui aimait fabriquer toutes sortes de choses… Aimée n'avait jamais manifesté le moindre intérêt pour les images en fleurs séchées, auparavant.

❀ ❀ ❀

Entre-temps, Éva courut jusqu'à la maison de Florence.

Madame Couvresol était dehors, balayant le pas de la porte.

— Bonjour, Éva, dit-elle. Où est Florence ?

— Elle joue à Pierres-de-Gué avec Nat et Aimée, dit Éva, mais je voulais vous parler au sujet du pique-nique pour l'anniversaire de Florence. Est-ce que Nat, Aimée et moi pourrions l'organiser ?

— Ce serait merveilleux, dit madame Couvresol avec gratitude. Je suis si occupée en ce moment que je craignais de ne pas avoir le temps de tout organiser. Y a-t-il quelque chose que je pourrais faire pour aider ?

— Si vous faisiez vos petits gâteaux aux carottes ? Ils sont si délicieux !

— Bien sûr. Quoi d'autre ?

Éva fit un sourire en coin.

— Vous pourriez occuper Florence afin que nous puissions tout préparer. Nous voulons lui faire une surprise.

— Je suis certaine de pouvoir y arriver, dit madame Couvresol en souriant à son tour.

✾ ✾ ✾

Florence se trouvait à mi-chemin du gué, au moment où Éva arriva. En sautant de la quatrième à la cinquième pierre, son pied glissa dans l'eau froide.

— Zut de flûte ! s'exclama-t-elle.

— Pas de chance ! cria Aimée. À mon tour, maintenant.

— Attends, Aimée, dit Éva en l'attrapant par le bras.

Elle fit signe à Natalie d'approcher, puis baissa la voix.

— La mère de Florence a dit que nous pouvions organiser le pique-nique.

— Super ! chuchota Aimée.

— Il va falloir commencer à planifier, dit Natalie.

Florence sauta par-dessus les quelques pierres qui restaient jusque sur la rive opposée et se retourna pour regarder derrière elle.

— Qu'est-ce qui vous retient ? cria-t-elle.

— Rien ! lui répondit Aimée, criant à son tour en faisant une pirouette puis en

sautillant de pierre en pierre comme une
ballerine.

Natalie traversa le gué, s'arrêtant
sur chacune des pierres pour regarder
dans l'eau; Éva le traversa après elle, en
bondissant.

— Traversons-le de nouveau, mais
cette fois sans attendre que celle qui nous
précède ait terminé, suggéra Florence.

— J'y vais en premier, dit Aimée.

Elle commença, suivie de Florence, Éva
et Natalie.

En atteignant la dernière pierre, deux
jets d'eau sortirent d'un buisson et lui
frappèrent le ventre. Aimée poussa un cri.

Elle vacilla dangereusement sur un pied,
puis tomba dans l'eau.

— Regardez-moi, crachouilla-t-elle en
reprenant pied. Je suis trempée !

Elle pataugea jusqu'à la rive et grimpa
hors de l'eau, secouant l'eau de ses
moustaches.

Ses amies se dépêchèrent de traverser.

— Veux-tu rentrer à la maison ?
demanda Florence.

Aimée hocha la tête d'un air misérable.

Le nid d'Aimée, Bout-de-Haie, n'était pas
très loin de Pierres-de-Gué. L'entrée était
faite de grandes herbes tressées, et un tunnel
menait à un logis confortable comportant
un salon, quatre chambres à coucher, une
cuisine et un garde-manger bien garni.

Les amies se réunirent dans la chambre
d'Aimée, une agréable pièce
circulaire dont les murs étaient
en terre battue. Florence prit une
couverture dans le lit d'Aimée et
la mit sur les épaules de celle-ci.

— Ça va mieux, comme ça ? lui demanda-t-elle, mais Aimée n'écoutait pas.

— Où est mon nid ? s'étrangla-t-elle. Celui que j'ai tissé avec de la paille pour l'oiseau en bois que mon grand-père a sculpté pour moi.

L'oiseau était posé sur la table de chevet, mais le nid avait disparu.

— Quand l'as-tu vu pour la dernière fois ? lui demanda Florence.

Aimée fronça les sourcils.

— Je ne sais pas, je l'ai utilisé pour jouer avant-hier.

— Voyons si nous pouvons le trouver, suggéra Natalie.

Elle regarda sous le lit pendant que Florence et Éva fouillaient dans les tiroirs. Mais il n'y avait aucune trace du nid.

— Je parie qu'Hervé et Albin l'ont pris, dit Aimée, en colère.

Elle sortit en trombe de sa chambre et faillit percuter sa sœur aînée, Hariette.

— Mon nid a disparu, se plaignit-elle.

— C'est le grand ménage de printemps,
dit Hariette. On déplace des objets, puis
on les range au mauvais endroit. Maman a
perdu un seau, hier.

— Ce n'est pas le ménage de printemps,
ce sont les frères, grogna Aimée.

Elle ouvrit la porte de la chambre des
jumeaux, puis la referma aussitôt.

— Quel désordre ! Jamais nous n'allons
le trouver là-dedans. Mais attendez quand
ils vont rentrer !

Les amies se rendirent à la cuisine, et
Aimée mit du sirop aux prunes à chauffer.

— Il faut aussi que nous retrouvions ces arroseurs pour leur donner une leçon, dit Éva. Je continue de croire qu'il s'agit de Luc et Lili.

— Peut-être seront-ils à l'école demain, dit Aimée. Et nous pourrions vérifier si d'autres ont été arrosés.

— Bonne idée, dit Florence en vidant sa tasse. Je dois partir pour aller m'occuper de Rosie pour aider maman, dit-elle. Pas de chance ! À demain !

Dès qu'elle fut partie, Éva se tourna vers les autres.

— Je ne peux pas rester plus longtemps maintenant, mais il faut qu'on commence à s'organiser. Pourquoi ne pas se rencontrer demain, après l'école ?

— Vous pourriez venir ici, dit Aimée.

— Parfait ! dirent Éva et Natalie d'un commun accord.

Chapitre 4

Le lendemain, Éva, Natalie et Aimée se
rendirent à la maison d'Aimée après l'école
pour planifier le pique-nique de Florence.
Heureusement, madame Couvresol avait
demandé à Florence de rentrer directement
à la maison; il n'y avait donc aucun
danger qu'elle découvre ce que ses amies
complotaient.

— Personne à l'école n'a été arrosé, dit
Aimée pendant qu'elles marchaient. J'ai
demandé à tout le monde.

— Moi aussi, dit Éva, il n'y a que nous.

— Je me demande bien pourquoi, dit
Natalie en fronçant les sourcils.

Elles arrivèrent à la maison d'Aimée et se rendirent à la cuisine.

— Commençons par la nourriture, dit Éva en sortant une feuille de son sac d'école.

— Des biscuits aux fleurs de pommier, dit Natalie, ce sont les préférés de Florence.

Éva en prit note.

— Et de la gelée de sureau, dit Aimée.

— Du pain aux pissenlits, suggéra Éva. Et la mère de Florence va faire des petits gâteaux aux carottes.

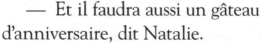

— Et il faudra aussi un gâteau d'anniversaire, dit Natalie.

—Avec du glaçage rose, dit Aimée. Le rose est ma couleur préférée.

— Mais ce n'est pas ton anniversaire, fit remarquer Éva. C'est la couleur préférée de Florence qui compte. Et elle aime le violet.

— Bon, du glaçage violet, alors, dit Natalie rapidement, avant qu'Aimée puisse ajouter quoi que ce soit d'autre.

Elle sortit une pile de cartons rose pâle de son sac.

— J'ai fait ça l'été dernier avec de l'écorce de bouleau et des pétales d'églantine. J'ai pensé qu'on pourrait les utiliser pour faire les invitations.

— C'est parfait ! s'exclama Aimée en s'asseyant à la table. Je vais commencer à les écrire maintenant. Que faut-il dire ?

— Pas si vite. Faisons d'abord la liste des invités, dit Éva.

— Il y a nous, pour commencer, dit Natalie. Puis Florence et Rosie.

Aimée écrivit les noms sur la liste, puis elle ajouta monsieur et madame Couvresol.

— Nous devrions inviter tout le monde de l'école, dit Aimée, sauf Hervé et Albin.

— On ne peut pas les tenir à l'écart, dit Natalie, ce n'est pas juste.

— Ils vont juste semer la zizanie, dit Aimée.

— Quand même, dit Natalie, ce sont tes frères.

— Ne tourne pas le fer dans la plaie, dit Aimée.

— Est-ce que Régis pourrait venir ? demanda Éva.

C'était son petit frère.

— Bien sûr qu'il peut venir, dit Natalie. Ça nous fait combien de personnes, Aimée ?

Aimée compta les noms sur sa liste.

— Dix-sept. Alors, que faut-il écrire, sur les invitations ?

— Vous êtes invité au pique-nique d'anniversaire surprise de Florence, au val des Digitales, ce samedi, pour déjeuner. RSVP : Aimée, Natalie et Éva, suggéra Éva.

— Il faudrait écrire « surprise » en lettres majuscules, pour que personne n'en parle à Florence, ajouta Natalie.

Aimée commença à écrire les invitations.

— Nous ne pourrons pas les remettre à l'école, dit-elle. Florence pourrait nous voir.

— Nous allons donc aller les porter directement à la maison de chacun, dit Éva.

— Mais qu'allons-nous dire, si nous tombons sur Florence ? demanda Natalie.

— Je vais dire que je livre une lettre pour ma mère, dit Aimée.

— Bonne idée, dit Natalie.

Éva fit une liste de jeux pendant qu'Aimée finissait d'écrire les invitations.

— Nous pourrions faire une course à pied, un concours de corde à sauter et une course à trois jambes, dit-elle.

— Je vais trouver des prix pour les gagnants.

— Nous avons donc fini d'organiser la fête, dit Natalie.

— Et voici la dernière invitation, dit Aimée. Allons les porter, puis nous pourrons cueillir les fleurs de pommier pour les biscuits.

Florence aidait Maman Couvresol à faire le ménage du printemps dans l'armoire à lingerie lorsque Papa Couvresol arriva à la maison.

— C'était une bonne journée, j'ai trouvé beaucoup de laine, dit-il en déposant son sac bien rempli.

Il prit Rosie et la fit basculer à l'envers, puis à l'endroit, et recommença jusqu'à ce qu'elle se mette à hurler de rire.

— Comment a été ta journée à l'école, Florence ? demanda monsieur Couvresol en remettant Rosie sur ses pieds. Avez-vous appris à faire la différence entre une salamandre et une araignée ?

Florence se mit à rire.

— Voyons, papa, je le sais déjà.

Monsieur Couvresol lui frotta les oreilles.

— Ne t'avais-je pas dit que Florence était un génie, Tara ? dit-il à madame

Couvresol. Très bientôt, elle va pouvoir faire la différence entre un scarabée et un ver de terre.

— Franchement, Charles ! dit madame Couvresol en souriant. Va donc ranger la laine dans ton atelier.

Florence suivit son père du regard alors qu'il disparaissait dans le tunnel.

— As-tu parlé à papa de mon pique-nique d'anniversaire ?

Madame Couvresol soupira.

— Je suis tellement désolée, Florence, mais nous n'avons vraiment pas le temps d'organiser une grosse fête pour ton anniversaire, cette année. J'espère que tu n'es pas trop déçue.

Florence sentit une grosse boule lui monter dans la gorge.

— Non, dit-elle en essayant de cacher qu'elle avait de la peine. Ça va.

Soudain, par la fenêtre, elle aperçut Éva, Aimée et Natalie, qui se dépêchaient de passer. Florence balaya rapidement le placard vide, puis aida Maman à tout remettre à l'intérieur.

— S'il vous plaît, est-ce que je peux sortir, maintenant ? demanda-t-elle en espérant pouvoir rejoindre ses amies.

— Vas-y, ma belle, dit madame Couvresol, mais assure-toi de rentrer à temps pour le dîner.

Florence se précipita à l'extérieur et courut dans l'allée par où étaient passées ses amies. Comme elle atteignait l'extrémité du pré aux Primevères, elle plongea sous une touffe de cerfeuil sauvage et faillit rentrer dans Natalie, qui remettait une lettre rose pâle à Johnnie Lefaîne à l'entrée de son terrier.

— Qu'est-ce que c'est que ça ? demanda-t-elle au moment où Johnnie arrachait la lettre des mains de Natalie et se précipitait à l'intérieur.

— Euh… une lettre, dit Natalie, de la part de ma mère.

— Et pourquoi ta mère écrit-elle à la mère de Johnnie ? demanda Florence.

— Je… je ne sais pas.

Elles marchèrent ensemble jusqu'au coin et rencontrèrent Éva, qui tenait une autre enveloppe rose.

— Salut ! dit-elle, je fais juste… livrer… euh… une lettre pour ma mère.

Florence était perplexe.

— Ta mère aussi a commencé à écrire des lettres ?

— On dirait bien, dit Éva en jetant un coup d'œil inquiet à Natalie.

Au même moment, Aimée sortait d'un trou, près de l'extrémité de la haie, tenant elle aussi un paquet d'enveloppes roses, qu'elle s'empressa de cacher derrière son dos.

— Salut, Florence !

— C'est quoi, toutes ces lettres ?
demanda Florence.

— Ma… euh… ma mère m'a demandé
de les livrer.

Florence la regarda avec étonnement.

— Ta mère a écrit tout ça ?

Aimée émit un rire nerveux.

— Voudrais-tu que je t'aide à les porter ?
demanda Florence.

— Non ! glapit Aimée. Non merci.

Florence regarda ses amies avec
inquiétude.

« Voilà qu'elles me tiennent à l'écart
encore une fois », pensa-t-elle.

Elles étaient passées devant sa porte sans
venir la chercher. Et elles se regardaient
comme si elles ne voulaient pas la voir là.

— Je suis désolée de ne pas
avoir beaucoup eu le temps de jouer
dernièrement, dit-elle. Maman semble avoir
besoin de beaucoup d'aide, ces jours-ci. Et il
y a Rosie, que je dois surveiller. Et…

Elle haletait, retenant à peine ses larmes.

— Nous allons cueillir des fleurs de pommier, dit Éva en mettant son bras autour des épaules de Florence. Pourquoi ne viendrais-tu pas avec nous ?

— Éva ! s'écrièrent en chœur Aimée et Natalie, consternées.

— Ça va aller beaucoup plus vite, si Florence nous aide, dit Éva en leur lançant des regards sous-entendus.

Florence fit un grand sourire de gratitude.

« Au moins, Éva a encore envie de me voir », pensa-t-elle.

Mais il semblait clair qu'il n'en était pas de même pour Aimée et Natalie.

Chapitre 5

Natalie se leva tôt le lendemain matin, pour faire les biscuits aux fleurs de pommier pour le pique-nique d'anniversaire de Florence. Comme elle mettait la dernière plaque à biscuits à cuire dans le four, Éva et Aimée, qui transportaient un gros sac bien rempli, arrivèrent chez elle.

— Nous avons apporté les fleurs de sureau pour la gelée, dit Éva en renversant le contenu du sac sur la table. Et les biscuits ? Tout se passe bien ?

— Ils sont au four, dit Natalie. Je vais faire la gelée et le gâteau d'anniversaire en rentrant de l'école.

— Génial, dit Éva. Et moi, je vais aller dans le bois aux Jacinthes demain, afin de trouver des prix pour les jeux.

Monsieur Passerose arriva alors dans la cuisine.

— Est-ce que j'ai entendu le mot « gelée » ? demanda-t-il avec espoir.

— Je ne l'ai pas encore faite, dit Natalie en riant. Et de toute façon, c'est pour la fête de Florence.

— Es-tu prête à partir pour l'école, Natalie ? demanda Aimée. Il faut vraiment y aller.

Natalie entrouvrit la porte du four et jeta un coup d'œil à l'intérieur.

— Moi, je suis prête, mais pas les biscuits ; j'espère qu'ils vont faire vite.

— Je peux les sortir à ta place, offrit son père.

— Tu es certain ? demanda Natalie.

— Absolument, dit monsieur Passerose. Allez-y.

— C'était vraiment horrible, hier, de devoir mentir à Florence au sujet des invitations, n'est-ce pas ? dit Natalie pendant qu'elles se dépêchaient de se rendre à l'école.

— Elle était vraiment troublée, dit Éva, tristement. Je crois qu'elle pense que nous ne l'aimons plus. C'est pourquoi je lui ai demandé de venir nous aider à cueillir des fleurs de pommier.

— Mais on ne peut pas toujours l'inviter pendant que nous faisons des choses pour son pique-nique, dit Aimée. Ça va gâcher la surprise !

— Je sais, mais elle a l'air tellement malheureuse, dit Éva. Peut-être devrions-nous lui en parler maintenant et la laisser nous aider.

— Pas question ! répondit Aimée. Nous avons dit à tout le monde que ce serait une surprise. Nous ne pouvons pas changer d'idée maintenant !

— Mais ça la rend si malheureuse… dit Éva. Qu'en penses-tu, Natalie ?

— Je suis plutôt d'accord avec vous deux, répliqua Natalie. Florence avait l'air troublée hier, et j'ai détesté lui mentir. Mais elle va adorer avoir une fête-surprise et elle va sûrement nous pardonner une fois qu'elle saura pourquoi nous avons fait ces cachotteries.

— Alors, tu ne crois pas qu'on devrait le lui dire ? dit Éva.

— Non, répondit Natalie en secouant la tête, il ne reste que trois jours.

Florence était déjà arrivée à l'école, lorsque Natalie, Aimée et Éva arrivèrent.

« Elles sont venues ensemble, sans moi », pensa-t-elle maussadement.

Avant même qu'elle puisse leur demander pourquoi elles ne s'étaient pas organisées pour marcher à l'école avec elle, monsieur Lanoix apparut.

— J'ai une surprise pour vous, annonça-
t-il. Nous allons faire une expédition pour
trouver des champignons de l'autre côté du
bois aux Jacinthes. Cela fait partie de notre
sujet à l'étude, les plantes vénéneuses. On
peut facilement confondre champignons
comestibles et champignons toxiques. La
sortie aura lieu ce samedi.

Aimée en eut le souffle coupé.

— Je ne peux pas, monsieur, je suis
occupée, samedi, lança-t-elle.

— Moi aussi, dit Éva.

— Tout comme moi, dit Natalie
calmement.

Florence sentit les larmes lui monter aux
yeux. Elles allaient faire quelque
chose ensemble, elle
en était certaine,
et elles ne lui
avaient pas
demandé
de se
joindre

à elles. Elle était maintenant persuadée que ses inquiétudes étaient fondées. Elles ne voulaient plus d'elle comme amie.

— Pauvre moi, dit monsieur Lanoix. Qui d'autre ne peut pas venir samedi ?

Presque toutes les mains se levèrent.

— Nous allons alors reporter notre sortie au samedi suivant.

« C'est mon anniversaire, pensa Florence tristement, et je suis la seule à n'avoir rien à faire ce jour-là. »

❀ ❀ ❀

Les biscuits aux fleurs de pommier étaient brûlés. Natalie le sentit avant même d'entrer dans le nid avec Éva et Aimée. Elle courut dans le couloir. La plaque de biscuits calcinés était bien en vue sur la cuisinière.

— Je suis réellement désolé, Nat, dit monsieur Passerose en passant la tête dans l'ouverture de la porte. Je les ai complètement oubliés, mais je pourrais faire quelque chose d'autre à la place. Que diriez-vous de biscuits à la farine de gland de chêne ?

— Non merci, papa, dit Natalie. Ces biscuits sont les préférés de Florence. Il va juste falloir aller chercher d'autres fleurs de pommier.

Elle se tourna vers Éva et Aimée.

— Nous ne pouvons pas aller prendre les fleurs de l'arbre qui est dans le bois, sinon il n'y aura pas de pommes pour l'hiver. Il va falloir aller les cueillir dans l'arbre qui se trouve à côté du terrier de la famille de Florence.

— J'espère qu'elle ne va pas nous voir, dit Éva, sinon elle sera encore plus désolée que jamais.

Elles attrapèrent un panier et se mirent en route.

— Comment occuper Florence pendant que nous préparons tout ce qu'il faut pour samedi matin ? demanda Natalie.

— J'y pensais justement, dit Éva. Que diriez-vous si je l'emmenais dans le bois aux

Jacinthes pour aller chercher du miel et que nous nous perdions « accidentellement » ?

— Il faudrait que nous ayons un signal, dit Aimée, excitée. Je vais faire le cri du coucou lorsque le pique-nique sera prêt et que tu pourras la ramener.

Elle mit ses pattes autour de sa bouche.

— Coucou, coucou !

Elles atteignirent Terriers-Bord-de-Pré ; Florence habitait tout au bout, juste en face du pommier sauvage.

— Espérons que Florence ne regarde pas par la fenêtre, chuchota Natalie.

— Je vais aller voir en douce, dit Aimée.

Elle se rendit sur la pointe des pieds jusqu'au terrier de Florence et jeta un coup d'œil à l'intérieur. Florence était dans le séjour et jouait aux quilles avec Rosie, dos à la fenêtre.

— Ça va, annonça Aimée en chuchotant plus fort ; si nous

nous dépêchons, nous allons peut-être y arriver.

Elles trottèrent jusqu'au pommier et grimpèrent aux branches.

À l'intérieur du terrier, Florence montrait à Rosie comment faire rouler la boule vers les quilles. « Youppie ! » criait Rosie alors que les quilles vacillaient et tombaient les unes sur les autres.

Pendant que Florence les replaçait, elle remarqua que le pommier bougeait. Se relevant pour mieux voir, elle aperçut Éva et Aimée dans les branches. Elles détachaient les fleurs et les laissaient tomber vers Natalie, qui les ramassait sur le sol.

— Quilles, Florie, dit Rosie en tirant Florence par la patte.

— Juste un instant, Rosie, dit Florence en ravalant ses larmes.

— Quilles ! cria Rosie.

— J'ai dit juste un instant ! dit Florence d'une voix cassante.

Madame Couvresol arriva en trombe.

— Que se passe-t-il ? demanda-t-elle.

Florence ne pouvait pas dire un mot.
Des larmes commencèrent à couler sur ses
joues.

— Florence, qu'est-ce qui ne va pas ?
demanda madame Couvresol en s'asseyant
dans un fauteuil, mettant Florence sur ses
genoux.

— C'est Éva, Aimée et Natalie, dit
Florence en sanglotant. Elles ne m'aiment
plus.

Madame Couvresol la serra dans ses bras.

— Mais bien sûr qu'elles t'aiment encore.

— Elles sont dehors, à cueillir des fleurs de pommier, et elles ne sont même pas venues me chercher.

— Elles ont peut-être pensé que tu étais trop occupée, dit madame Couvresol d'une voix apaisante.

— Et samedi, elles font quelque chose ensemble, renifla Florence en enfonçant le visage dans l'épaule de sa mère. Elles me tiennent à l'écart parce qu'elles pensent que je ne suis plus amusante.

— Mais bien sûr que tu es amusante, dit doucement madame Couvresol. Et tout va s'arranger, tu vas voir. Elle sécha les larmes de Florence avec son mouchoir. Maintenant, viens à la cuisine manger un morceau de gâteau aux carottes, j'en ai fait ce matin.

— Rosie, gâteau carotte ? demanda Rosie.

— Oui, Rosie, toi aussi, tu peux en avoir.

— Je suis désolée d'avoir été brusque avec toi, Rosie, dit Florence.

Elle se laissa glisser des genoux de sa mère et embrassa Rosie avant de se diriger vers la cuisine.

— Maman, crois-tu que grand-mère et grand-père pourraient s'occuper de Rosie, demain, demanda-t-elle entre deux bouchées de gâteau, afin que je puisse parler à Éva, Natalie et Aimée pour arranger les choses ?

— Bien sûr, mais je t'assure que tu n'as pas à t'inquiéter.

— Allô, appela une voix depuis la porte d'entrée.

— Éva ! dit Florence dans un souffle.

Elle s'essuya rapidement les yeux et les joues pour les débarrasser de toute trace de larmes.

— Entre, Éva ! cria madame Couvresol.

Éva arriva dans la cuisine en trottinant.

— Salut, Florence, je dois aller au bois aux Jacinthes samedi pour trouver du miel. Veux-tu venir avec moi ?

Florence sourit.

— Oui, avec plaisir !

— Super ! Je vais venir te chercher tout de suite après le petit déjeuner. Au revoir ! dit Éva en sortant aussi vite qu'elle était arrivée.

— Voilà ! dit madame Couvresol. Tu vois ? Tous ces soucis pour rien.

Chapitre 6

Le lendemain, Florence se retrouva derrière Luc et Lili Épilobe, en entrant dans l'école. Luc avait un pansement à l'une des pattes de derrière et il boitait.

— Que t'est-il arrivé, Luc ? demanda monsieur Lanoix.

— Je me suis coupé la patte sur une roche pointue dans le ruisseau Babillard, expliqua-t-il.

— Et quand est-ce arrivé ? demanda monsieur Lanoix.

— Il y a une semaine, répondit Luc. C'est la première fois que je sors de la maison.

— Et moi, j'avais un rhume, dit Lili. Mais ça va mieux, maintenant.

« Alors, ce ne sont pas eux qui nous ont arrosées », pensa Florence.

Il n'aurait pas pu courir après nous, avec ce pansement à la patte. Et Lili ne l'aurait pas fait seule.

Elle décida d'en parler à Éva après l'école.

— Tu as raison, lui dit Éva lorsque Florence lui en parla plus tard. Mais si Luc et Lili ne nous ont pas arrosées, qui l'a fait ?

— Je ne sais pas, dit Florence d'un air songeur.

Par-dessus l'épaule d'Éva, elle remarqua Aimée et Natalie, qui sortaient de l'école en courant.

— Aimée, Natalie ! cria-t-elle.

À sa grande déception, elles continuèrent à courir et disparurent derrière les arbres.

Florence se tripota l'oreille d'un air soucieux.

— Est-ce que ça va ? lui demanda Éva.

— Pas vraiment, admit Florence en prenant une grande inspiration, déterminée à ne pas pleurer. Je me suis sentie plutôt mise à l'écart, ces derniers temps. Aimée, Natalie et toi, vous ne cessez pas de faire des choses sans moi et…

— C'est simplement parce que nous sommes occupées, dit Éva.

— Nous avions l'habitude d'être occupées ensemble, dit Florence. Mais maintenant…

Une larme coula le long de sa joue, et elle l'essuya furtivement.

— Maman a emmené Rosie chez grand-mère et grand-père, aujourd'hui. J'ai pensé que j'aurais l'occasion de jouer avec vous toutes, mais maintenant, Aimée et Nat…

Éva lui fit un câlin.

— Je suis là, dit-elle. Et j'ai envie de jouer avec toi.

— C'est bien, dit Florence, secouée, mais j'aurais voulu qu'Aimée et Natalie jouent avec nous, elles aussi.

— Elles vont le faire, promit Éva. Après le week-end, nous serons toutes réunies de nouveau. Viens jouer à la corde à sauter, maintenant.

❀ ❀ ❀

Lorsque Florence rentra à la maison pour le dîner, Éva se précipita chez Natalie. Aimée et Natalie étaient en train de mélanger du glaçage violet pour le gâteau d'anniversaire de Florence, et la table de la cuisine était remplie de nourriture.

— Je n'ai pas encore de prix pour les jeux, grommela Éva en se laissant tomber sur une chaise. Je m'en allais au bois pour en trouver, mais Florence était si désemparée que je ne pouvais pas la laisser seule. Elle croit vraiment que nous ne l'aimons plus.

— Tu ne lui as rien dit au sujet du pique-nique, j'espère, demanda Aimée.

— Non, mais peut-être que j'aurais dû le faire.

— Mais la fête a lieu demain, souligna Aimée. Ce serait terrible, si elle l'apprenait maintenant !

— Eh bien, elle ne le sait pas, dit Éva en laissant échapper un grand soupir. De toute manière, j'ai joué avec Florence au lieu de chercher des prix. Je suis désolée.

— Ne t'en fais pas, dit Natalie, je vais fabriquer quelques prix. Tout est presque prêt. Il ne reste qu'à terminer le gâteau d'anniversaire.

— Et les biscuits aux fleurs de pommier ? demanda Éva.

— Terminés, dit Natalie en montrant l'assiette de biscuits. Je vais donc avoir le temps de fabriquer les prix ce soir.

— Tout est sous contrôle, alors ! se réjouit Aimée.

Elle fit quelques pas de danse, tapant des pieds et agitant la queue.

— Oh, je suis si excitée que j'ai du mal à attendre jusqu'à demain. Florence va adorer ça !

Chapitre 7

Florence se réveilla tôt, le matin de son
anniversaire. Même si elle savait qu'il n'y
aurait pas de pique-nique, elle se sentait
excitée. Avec les cadeaux et les cartes à
ouvrir, et sa sortie avec Éva, ce serait tout
de même une journée spéciale, même si elle
ne serait pas aussi spéciale qu'elle l'aurait
souhaité.

« Je voudrais tant qu'Aimée et Nat
viennent aussi », pensa-t-elle.

Déterminée à chasser toute pensée triste,
elle sauta hors du lit et courut dans le salon.

— Joyeux anniversaire, Florence !
lancèrent Papa et Maman en lui faisant un
gros câlin.

— ...nifersaire, Florie, dit Rosie en lui tendant un cadeau.

Florence déchira le papier et trouva une brosse à cheveux faite d'une fleur de chardon.

— Merci, Rosie, dit-elle en embrassant sa sœur. C'est juste ce qu'il me fallait.

Papa et Maman avaient trois paquets pour elle. Il y avait une barre aux noisettes et au miel — sa sorte préférée ! —, ainsi qu'une barrette pour les cheveux décorée de jolies baies rouges luisantes. Le troisième paquet était grand et plutôt plat, et il était mou. Florence l'ouvrit en arrachant le papier. À l'intérieur, il y avait une robe. Habituellement, Florence ne s'intéressait pas trop aux vêtements, mais c'était la robe la plus magnifique qu'elle ait jamais vue. Elle était faite de soie d'araignée violette, avec un ruban à la taille et une longue jupe vaporeuse.

— Oh! dit-elle, le souffle coupé. Elle est magnifique!

— Nous avons pensé que tu pourrais la porter au Bal d'été, dit sa mère.

— Elle est parfaite, tout simplement parfaite, dit Florence en serrant sa mère très fort.

Grand-mère et Grand-père Couvresol arrivèrent un peu plus tard avec une nouvelle corde à sauter pour Florence. Les poignées en bois étaient délicatement sculptées.

— Merci! s'écria-t-elle. J'ai vraiment hâte de l'essayer.

Éva arriva à son tour, juste comme Florence finissait son petit déjeuner. Elle portait une robe de fête et une grosse boucle jaune était nouée à sa queue.

— Pourquoi es-tu habillée comme pour une fête? demanda Florence, surprise.

— Parce que j'en avais envie, répondit Éva en haussant les épaules.

Elle tendit un paquet à Florence.

— Joyeux anniversaire !

À l'intérieur, il y avait un ensemble de balles à jongler en bois.

— Merci, Éva ! s'exclama Florence. Cela fait des lustres que je voulais apprendre à jongler.

— Pourquoi n'essaies-tu pas ta nouvelle robe avant de sortir ? dit Maman. Nous aimerions bien voir comment elle te va.

Florence alla passer la robe et sa mère l'aida à la boutonner.

Éva attacha la nouvelle barrette entre les oreilles de Florence.

— Wow ! Tu es adorable ! s'écria-t-elle en faisant un pas en arrière pour l'admirer.

— C'est vrai ! acquiesça toute la compagnie.

— Merci, dit Florence en faisant une pirouette pour faire voler la jupe de sa robe.

Je ferais mieux de la retirer, si je dois aller
dans les bois ; je ne voudrais pas l'abîmer.

— Oh ! Garde-la, la pressa Éva.

Madame Couvresol sourit.

— Je crois que tu devrais la garder,
Florence, puisque c'est ton anniversaire !

À l'extérieur du terrier des Couvresol,
Aimée, habillée d'une robe de fête rose,
était cachée derrière le pommier sauvage,
surveillant la scène. Elle vit Florence et Éva
partir, puis se précipita chez Natalie.

Natalie était dans la cuisine, habillée de
sa robe de fête rouge et portant un collier
brillant fait de baies de houx séchées.

— Elles sont parties, lança Aimée. Il est
temps de commencer à tout placer.

— Voici les prix, dit Natalie d'un air
gêné en tendant une boîte à Aimée.

Aimée regarda à l'intérieur.

— Ils sont adorables, Nat !

Il y avait un joli cadre décoratif de fleurs
séchées, un ruban violet pour les cheveux
et deux jeux de quilles miniatures.

— Le ruban violet devrait être le prix pour le concours de corde à sauter, parce que Florence va sûrement le gagner et que le violet est sa couleur préférée, dit Aimée.

— J'ai aussi des cordes pour le concours, et pour la course à trois jambes, dit Natalie en les déposant dans le carton. J'espère que Florence va être contente.

— Contente ? s'écria Aimée. Elle va être aux anges ! Allons-y, maintenant.

❀ ❀ ❀

— Par ici, dit Éva. Elle dirigeait Florence le long d'un sentier étroit dans les bois, tenant la jupe de sa robe pour ne pas l'accrocher aux branches.

Florence faisait de même.

— Je suis contente de ne pas avoir à porter de robe de fête tous les jours, dit-elle. Imagine ne plus pouvoir courir quand on en a envie.

— Je te parie qu'on s'y habituerait très vite, dit Éva. En passant, il faudrait tendre l'oreille pour entendre les coucous.

— Les coucous ne sont pas encore arrivés, il est trop tôt, dit Florence, surprise.

— Ouais, mais peut-être qu'on va en entendre un, on ne sait jamais.

— Je n'ai encore vu aucune abeille, dit Florence comme elles s'enfonçaient dans les bois. Es-tu certaine qu'il y a des ruches par ici, Éva ?

— Certaine. Continue de chercher.

Bientôt, elles furent loin dans le bois ; les arbres étaient de plus en plus rapprochés, rendant la forêt froide et lugubre.

— Sommes-nous perdues ? demanda enfin Florence.

— Non. Ce sentier-là mène à la parcelle d'ail sauvage, dit Éva en s'y avançant.

Puis elle s'arrêta, consternée, s'apercevant que le sentier n'allait pas plus loin qu'un buisson d'orties.

— Il y a quelque chose qui ne va pas, marmonna-t-elle en rebroussant chemin et en cherchant un nouveau sentier.

Celui-ci sinuait entre les touffes de jonquilles sauvages, puis s'arrêtait brusquement à un arbre tombé.

— Nous sommes perdues, n'est-ce pas? dit Florence alors que les deux amies s'en retournaient sur leurs pas.

Éva fronça les sourcils.

— Je crois que oui. Bien perdues! Florence se mit à rire.

— Et le jour de mon anniversaire en plus. Mais je suis certaine que tu vas retrouver le chemin pour retourner à la maison.

— Certainement, dit Éva. Mais elle avait l'air soucieuse. Tendons quand même l'oreille pour voir s'il y a des coucous.

❀ ✿ ❀

— Voilà, dit Aimée. Nous avons fait un travail magnifique !

Les victuailles du pique-nique étaient étalées sur une jolie couverture colorée, le gâteau d'anniversaire au centre.

— C'est très beau, convint Natalie.

Les invités commençaient à arriver, transportant des petits tapis de pique-nique et des cadeaux pour Florence.

— Étalez vos tapis autour du pique-nique, dit Aimée, Florence devrait arriver bientôt. Elle se retourna vers Natalie.

— Est-ce que je devrais donner le signal maintenant ?

— Oui, bonne idée.

À mesure que les invités arrivaient, Natalie cochait leur nom sur une liste.

— Voici Luc et Lili. Et les parents de Florence avec Rosie et leur cousin, Billy. Il ne manque plus qu'Albin et Hervé.

— Avec un peu de chance, ils ne viendront pas, dit Aimée.

Elle mit ses pattes autour de sa bouche pour imiter le cri du coucou, puis jeta des coups d'œil dans le bois, s'attendant à voir Florence et Éva arriver en courant.

— Bizarre, dit-elle après quelques minutes. Où sont-elles ?

— Crois-tu qu'il a pu leur arriver quelque chose ? demanda Natalie avec inquiétude.

Aimée fit l'appel de nouveau, mais toujours aucun signe des amies. Elle échangea des regards soucieux avec Natalie.

Soudainement, Aimée reçut un jet d'eau.

— Les arroseurs ! s'écria-t-elle. Poursuivons-les !

Laissant le pique-nique et les invités, Natalie et elle partirent en chasse. Les arroseurs filaient à travers le bois aux Jacinthes, restant sous couvert comme ils l'avaient fait la fois d'avant.

— Revenez! cria Aimée.

De fil en aiguille, elles coururent jusque dans les profondeurs du bois aux Jacinthes. En sortant d'un buisson de mûriers, elles faillirent rentrer dans Éva et Florence.

— Florence, Éva, vite, on m'a arrosée encore une fois! dit Aimée, haletante.

Oubliant de faire attention à leurs robes, Florence et Éva se joignirent à la poursuite.

— Je sais où nous sommes, maintenant, dit Éva, essoufflée. Ce sentier mène à Profond-Ruisseau.

— Nous allons les perdre, grogna Natalie, à bout de souffle.

— Pas si je peux m'en occuper, dit Florence. Elle courut à toute vitesse et dépassa ses amies. Si elle pouvait dépasser aussi les arroseurs, elle pourrait peut-être les coincer. Soudainement, deux silhouettes rieuses sortirent de sous les fourrés, se précipitant en direction du ruisseau Babillard. Elles sautèrent sur un radeau et s'éloignèrent de la rive en rigolant.

Florence attendit que ses amies la rattrapent.

— On pensait que tu les avais attrapés, dit Éva lorsqu'elles arrivèrent.

— J'ai bien peur que non, dit Florence. Mais je sais qui ils sont.

— Qui ? demanda Natalie.

— Hervé et Albin, dit Florence.

Chapitre 8

— J'aurais dû m'en douter ! éclata Aimée.
On peut compter sur ces deux-là ! Et ils se
sont sauvés encore une fois.

— Ne t'en fais pas, je suis certaine
qu'on va très bientôt les revoir, dit Éva en
riant et en faisant un clin d'œil à Aimée.

— Vraiment ? demanda Florence,
perplexe.

— Allons-y, dit Natalie calmement.
Retournons à la maison.

— Je vais prendre les devants, dit
Aimée en faisant un clin d'œil à Éva et
Natalie.

— Pourquoi est-ce que vous n'arrêtez
pas de vous faire des clins d'œil ? demanda

Florence, se sentant mise à l'écart encore une fois.

— Tu vas comprendre bientôt, promit Natalie en serrant la patte de Florence.

Aimée partit en flèche au val des Digitales.

— Vite, tout le monde, cachez-vous ! cria-t-elle. Florence s'en vient. Sortez de vos cachettes quand je compterai jusqu'à trois.

Les invités s'accroupirent sous les buissons et attendirent avec impatience que Florence fasse son apparition.

Ils n'eurent pas à attendre bien longtemps.

— Nous y voilà, dit Éva en menant Florence dans le val des Digitales.

Florence regarda tout autour et vit les tapis et la nourriture.

— Quelqu'un fait un pique-nique, dit-elle.

— Un, deux, trois ! cria Aimée.

Tous les invités sortirent de leur cachette.

— Joyeux anniversaire, Florence !

— C'est ton pique-nique d'anniversaire, Florence, dit Éva.

— Quoi… ? Comment… ? dit Florence, estomaquée.

— Nous l'avons préparé toute la semaine, expliqua Natalie.

— Et Éva vous a fait vous perdre accidentellement par exprès dans le bois aux Jacinthes, ce matin, ajouta Aimée, afin que Nat et moi puissions tout installer ici.

— Sauf qu'il n'y a pas vraiment eu de « par exprès », ajouta Éva. Nous nous sommes vraiment perdues. Heureusement que vous nous avez rencontrées par hasard.

Aimée se mit à rire.

— C'est pour ça que vous n'êtes pas arrivées au signal du coucou ! Je me demandais ce qui vous était arrivé.

Florence fit un grand sourire heureux à ses amies.

— Donc, quand vous faisiez des choses ensemble sans moi, c'est parce que vous étiez en train de préparer tout ça ? dit-elle.

— Bien sûr, et essayer de garder le secret a été un vrai cauchemar ! dit Aimée.

— Je croyais que vous ne vouliez plus de moi, dit Florence. Parce que je devais passer autant de temps à m'occuper de Rosie.

— Tu es notre amie, dit Éva en lui faisant un câlin. Comment pourrait-on ne plus t'aimer ?

Hervé et Albin apparurent, transportant le seau manquant de madame Lavandin et deux pailles.

— Je parie que ces deux pailles-là proviennent de mon nid! couina Aimée.

— Ça se pourrait bien, fit Albin en faisant une grimace.

— Alors, tu ferais bien mieux de le remettre comme il était, dit Aimée. Et comme vous semblez aimer autant l'eau, vous pourrez faire le ménage après la fête.

— Pas question! cria Hervé.

— Je crois que papa sera intéressé de savoir ce que vous avez fait ces jours-ci, les avertit Aimée.

Hervé déglutit.

— Tu n'oserais pas!

— Oh! que si, j'oserais!

Les frères s'en retournèrent les oreilles basses, complètement anéantis.

— Gagne, Florie ! Gagne ! glapit Rosie
en faisant des bonds à côté de madame
Couvresol.

Florence menait la course, faisant
virevolter sa corde à sauter avec grand art,
mais Sophie et Billy la suivaient de près.

Aimée se tenait à la ligne d'arrivée près
du houx.

— Vas-y, Florence ! cria-t-elle.

Florence accéléra… et atteignit Aimée,
à un poil devant Billy.

— Nous avons une gagnante ! s'exclama
Aimée. Ça, c'était génial !

— Merci, dit Florence en haletant.
Qu'est-ce qu'il y a, après ?

— La course à trois jambes, répondit
Éva. Voudrais-tu faire équipe avec moi,
Florence ?

— Avec plaisir, dit Florence.

Elles attachèrent leurs chevilles avec
une corde, puis se relevèrent et passèrent
chacune un bras autour de la taille de
l'autre, attendant que la course commence.

— À vos marques, prêts, partez ! cria
Aimée.

Les concurrents partirent en flèche.
Comme Florence et Éva atteignaient le
milieu du parcours, Régis, le petit frère
d'Éva, et son partenaire, Oscar Lemûrier,
tombèrent juste devant elles.

— Attention ! cria
Florence.

Elles essayèrent de
les éviter, mais Éva
s'accrocha la patte dans
celle de Régis et elles firent
la culbute. En rigolant,
elles s'assirent et détachèrent
la corde.

— Regarde qui est en train de
gagner, dit Éva en pouffant de rire.

Hervé et Albin étaient loin devant les
autres, et ils traversèrent la ligne d'arrivée
en trombe.

— Les prix, s'il vous plaît, Aimée,
dirent-ils en tendant la patte.

— Attendez votre tour, dit Aimée d'un air renfrogné. Est-ce que les gagnants pourraient se présenter pour recevoir leurs prix, s'il vous plaît ?

Florence et Sophie accoururent.

— Première à la course à pied : Sophie, annonça Aimée en lui remettant le cadre avec les fleurs séchées.

— Première à la course de corde à sauter : Florence. Elle remit le ruban violet à Florence.

— Premiers à la course à trois jambes : Hervé et Albin, dit Aimée d'un ton revêche.

Elle leur remit les jeux de quilles miniatures, puis secoua la tête en les regardant s'en aller en dansant et en criant victoire.

— Les frères, dit-elle en levant le nez.

Après les courses, tout le monde se mit à manger. Florence s'assit avec ses amies.

— Je n'arrive pas à croire que tu aies fait tout ceci, Nat, dit-elle en prenant un quatrième biscuit aux fleurs de pommier. Ils sont délicieux !

— Merci, dit Natalie d'un air gêné. Ne mange pas trop de biscuits, il y a encore du gâteau d'anniversaire.

Éva alla chercher le gâteau et madame Couvresol alluma les bougies. Puis tout le monde se mit à chanter *Joyeux anniversaire*.

— Est-ce que tu vas faire un vœu d'anniversaire ? demanda Aimée.

Florence regarda ses amis et sa famille, et elle se rendit compte qu'elle n'avait pas du tout besoin de faire un vœu.

— J'ai déjà tout ce que je pourrais souhaiter, dit-elle joyeusement.

Elle souffla les bougies, puis fit un immense sourire à ses amies.

— Cela a été le plus merveilleux anniversaire de toute ma vie ! s'écria-t-elle. Et la meilleure chose, c'est de savoir que nous sommes encore amies.

— Les amis, c'est pour la vie, dit
Natalie.

Éva, Aimée et Natalie se rapprochèrent
pour faire ensemble un gros câlin à
Florence.

— Les amies, c'est pour la vie ! dirent-
elles en chœur.